AF393241

# Analyse de l'œuvre

Par Elena Pinaud et Margot Pépin

# Les Noces barbares

de Yann Queffélec

# Rendez-vous sur lepetitlitteraire.fr et découvrez :

Plus de 1200 analyses
Claires et synthétiques
Téléchargeables en 30 secondes
À imprimer chez soi

**YANN QUEFFÉLEC** — 9

**LES NOCES BARBARES** — 13

**RÉSUMÉ** — 17

Le fruit d'un drame
Un répit de courte durée
La vie sur un bateau
Les retrouvailles

**ÉTUDE DES PERSONNAGES** — 27

Ludovic
Nicole
Michel, dit Micho
Hélène Rakoff
Les Blanchard

**CLÉS DE LECTURE** — 39

Le souffre-douleur
Une construction de l'identité contrariée
La symbolique des lieux

**PISTES DE RÉFLEXION** — 55

**POUR ALLER PLUS LOIN** — 59

# YANN QUEFFÉLEC

## ÉCRIVAIN FRANÇAIS

- **Né en 1949 à Paris**
- **Quelques-unes de ses œuvres :**
  - *Le Charme noir* (1983), roman
  - *Le Piano de ma mère* (2010), roman
  - *L'Homme de ma vie* (2015), récit

Yann Queffélec grandit dans un milieu où la musique est omniprésente. Aussi fait-il ses débuts en tant que critique musical, période au cours de laquelle il publie une biographie de Béla Bartók (compositeur et pianiste hongrois, 1881-1945). Après avoir été critique littéraire au *Nouvel Observateur*, il se dédie pleinement à l'écriture de récits, de romans et d'essais.

Il est l'auteur de récits à composante autobiographique (*Le Piano de ma mère*), de romans mettant en scène des personnages au parcours ténébreux (*Le Charme noir, Et la force d'aimer* [1996]), ainsi que de volumes de nouvelles tels que *Les Affamés* (2004) et *Les Oubliés du vent* (2010). Par ailleurs, très attaché à la Bretagne, dont son père est originaire, il a récemment publié un *Dictionnaire amoureux de la Bretagne* (2013).

# *LES NOCES BARBARES*

## UNE VIE DÉVASTÉE

- **Genre :** roman
- **Édition de référence :** *Les Noces barbares*, Paris, Gallimard, coll. « Folio », 2000, 344 p.
- **1<sup>re</sup> édition :** 1985
- **Thématiques :** mère, abandon, enfance, maltraitance, solitude, tristesse

Publié en 1985, *Les Noces barbares* vaut à Yann Queffélec l'obtention du prix Goncourt. Ce roman psychologique, poignant tant par son intrigue que par son langage brut, raconte la vie tragique de Ludovic, un enfant né du viol de sa mère adolescente par trois soldats américains.

L'auteur entrecoupe le récit des lettres et des pensées de Ludovic, dont le caractère parfois décousu traduit l'instabilité : ses pensées forment une suite sans fin, qui suggère la rupture intérieure et l'état permanent de questionnement dans lequel se trouve le garçon.

Maltraité tour à tour par une mère qui n'a jamais voulu de lui et des grands-parents qui le croient fou, Ludovic est envoyé à l'asile, où il est constamment persécuté. Devenu adolescent, toujours en quête de l'amour maternel, il choisit la liberté et s'enfuit au bord de la mer. Lors de ses retrouvailles finales avec sa mère, il commet l'irréparable, dans l'espoir d'une union ultime avec celle qu'il n'aura jamais cessé d'aimer.

# RÉSUMÉ

Ludovic, personnage tourmenté et isolé, évolue dans un monde hostile. Maltraité, malaimé et privé de lien familial et social, c'est un garçon hors-norme dont l'exclusion commence dès la naissance. Sa courte vie, marquée par la solitude et l'enfermement, est entièrement tendue vers une quête impossible de l'amour maternel.

## LE FRUIT D'UN DRAME

À 13 ans, Nicole tombe amoureuse de Will, un pilote américain stationné à la base militaire d'Arzac (Auvergne-Rhône-Alpes) qui lui promet de l'épouser. Naïve, elle accepte un nouveau rendez-vous avec lui. Mais à son arrivée, Will, complètement ivre, la viole sauvagement avec deux autres soldats. Le calvaire de Nicole dure une nuit entière. La jeune fille tombe enceinte, et ses nombreuses tentatives pour se débarrasser de l'enfant échouent : un garçon nait, qu'elle appelle Ludovic. Ses parents, les Blanchard, boulangers du village, refusent également l'enfant.

Dans un moment d'énervement, alors que Ludovic est encore petit, Nicole le pousse dans les escaliers, ce qui provoque chez lui un choc physique et émotionnel. La famille se met alors d'accord pour affirmer que Ludovic « est tombé tout seul » (p. 41), et qu'il serait donc plus sûr pour lui d'être enfermé dans le grenier et de ne plus jamais en descendre, « pour ne pas ajouter le meurtre au viol » (p. 47).

Cet isolement se prolonge pendant sept ans. Sa mère et sa grand-mère montent de temps en temps pour lui donner à manger – uniquement des restes –, changer sa bassine d'eau ou lui confier quelque corvée. Esseulé, l'enfant vit presque à l'état sauvage. Si Nanette, une cousine de sa mère, essaie de s'occuper de lui pour compenser la perte de son propre enfant, Nicole et sa famille estiment quant à eux que, Ludovic ayant « un grain » (p. 39), il est préférable pour tout le monde qu'il n'ait pas de compagnie.

## UN RÉPIT DE COURTE DURÉE

Quand Nicole accepte la demande en mariage de Michel Bossard (surnommé Micho), un riche veuf de la région, mère et fils s'installent aux

Buissonnets, la vaste demeure de ce dernier, qui a également un fils, Gustave (surnommé Tatav), plus âgé que Ludovic. Micho, soucieux d'apporter à l'enfant le cadre familial qui lui a manqué jusque-là, le protège, l'encourage et l'inscrit à l'école.

Les grands-parents de Ludovic, quant à eux, refusent catégoriquement de le voir. Quand Micho décide d'organiser un réveillon de Noël mémorable « en l'honneur de sa belle épouse et de son nouveau fils » (p. 82), les Blanchard s'opposent à l'idée d'y participer, pour ne pas être à table avec leur petit-fils. Ainsi, Nicole dit à son mari : « Mes parents passeront pas Noël avec lui. Mets-toi à leur place. » (*ibid.*)

Cette dernière ne peut pas supporter la présence de son fils, qu'elle voit maintenant évoluer librement, après des années d'isolement et d'abandon. Elle l'accuse de voler des objets et de l'argent, de mentir et de l'espionner, et se montre violente envers lui, surtout après avoir bu. Autorisé à porter à sa mère son petit-déjeuner au lit, Ludovic chérit ce moment d'interaction durant lequel il est pourtant confronté à la violente ingratitude de Nicole, qui fait « exprès de l'avaler salement pour l'avilir [et fait] parfois même [...] comme s'il n'existait pas » (p. 161).

Michel, lui, essaie de protéger le garçon et de le faire participer à diverses activités sur sa propriété ou sur celle d'une famille de paysans. Ludovic se montre habile pour les travaux pratiques, mais, à l'école, il est sans cesse réprimandé par ses professeurs, car il est totalement inhibé et incapable de s'adapter. En outre, son demi-frère, Tatav, en fait son souffre-douleur. Le garçon se construit alors un « niglou » (p. 96) dans le sable, qui lui sert de refuge.

Nanette est atteinte d'une maladie grave. De l'hôpital, elle écrit à Ludovic des lettres que sa mère lui lit, en sautant les passages affectueux. Quand la jeune femme meurt, le garçon est écarté, mais Nicole finit par lui annoncer la nouvelle : « Elle est partie là-haut. Elle est claquée. Tu la reverras plus. » (p. 103) Dans la suite de l'histoire, Ludovic semble souffrir de cette annonce violente : il affirme régulièrement « qu'elle est pas claquée Nanette » (p. 116).

Devant l'insistance de sa femme, Micho accepte finalement de conduire Ludovic dans un hospice, le Centre Saint-Paul, dont la directrice, Hélène Rakoff, est une lointaine de ses cousines. Entouré d'une vingtaine de pensionnaires surnommés « les enfants » (p. 177), et traités comme tels, Ludovic ne trouve pas sa place : Odilon espionne ses camarades pour le compte de la directrice, les autres garçons sont silencieux, et les filles ne peuvent communiquer qu'entre elles. Il attend impatiemment la visite ou les lettres de sa mère, en vain. Micho lui rend visite à deux reprises et, embarrassé, essaie d'excuser l'absence de Nicole, qui aurait fait une fausse couche et en souffrirait.

Inadapté à la vie du centre, Ludovic s'attire les foudres de la sévère M^lle^ Rakoff, répétant sans cesse qu'il n'est « pas dingo » (p. 175) et bravant le règlement si cher à la directrice en s'auto-risant des escapades nocturnes et en nouant des liens avec les filles – notamment avec Lise, qu'il rencontre secrètement à la cave. Quand M^lle^ Rakoff découvre cette idylle, elle menace le jeune homme : « Tu es foutu, [...] je te chasse ! [...] Tu pars en maison psychiatrique [...] là-bas il y a la camisole pour les désaxés dans ton genre ! » (p. 271)

# LA VIE SUR UN BATEAU

Ludovic, qui ne veut pas « aller chez les fous » (p. 275), s'enfuit une nuit de Noël après avoir mis le feu à la crèche réalisée par les autres pensionnaires. Il erre longtemps dans le froid avant d'arriver à la mer, qui l'a toujours fasciné. Il y trouve un bateau échoué et rouillé, où il s'installe tranquillement, lui trouvant une « ressemblance avec lui » (p. 286).

Les jours et les nuits se succèdent dans la faim, la soif et les hallucinations. Le garçon se rend de temps en temps dans le village avoisinant pour donner un coup de main à un couple d'épiciers qui lui offrent des victuailles en échange. Il se fait également des amis : un vieux marin, ancien bagnard, qui, installé à quelques pas de la plage, se méfie de Ludovic, mais finit par le protéger des voyous qui tentent un soir de l'attaquer ; et une petite fille qui vient déposer des fleurs sur le bateau occupé par le garçon, en souvenir de son père mort en mer.

S'il craint l'arrivée de la police et de la directrice de l'hospice qu'il a incendié, Ludovic est surtout tourmenté par le souvenir de sa mère, qu'il n'a pas revue depuis qu'il a quitté la maison, et qui n'a jamais répondu à ses nombreuses lettres. Un jour, il cède à la tentation et lui écrit, dans l'espoir qu'elle vienne le chercher...

Micho, informé par Nicole de la situation de Ludovic, rend visite à ce dernier sur son bateau et lui apprend que la jeune femme et lui sont en procédure de divorce : il a quitté la maison et a trouvé un emploi dans l'hôpital où le garçon avait été enfermé. Ce n'est pas une surprise pour Ludovic, qui, découvrant un jour que la plage où il s'était réfugié n'était pas loin de la propriété de Micho, s'en était approché : il avait alors aperçu Nicole en compagnie d'un homme plus jeune, qui semblait déjà avoir pris possession de la maison.

## LES RETROUVAILLES

Le bateau où vit Ludovic doit être détruit, et les autorités du village s'inquiètent de la présence de ce garçon à l'allure sauvage qui y a élu domicile. Hélène Rakoff, un psychiatre, la police et Nicole sont convoqués pour le faire sortir du bateau et l'interner à nouveau. Ils en arrivent à la conclusion que Nicole, la seule personne que Ludovic chérit vraiment, doit le rejoindre et le convaincre d'obéir. La rencontre entre la mère et le fils est tendue. Nicole, froide selon son habitude, explique à son fils les ennuis qu'il lui cause et lui reproche de ne lui avoir jamais dit « maman ».

Ses accusations sont sans recours ; elle ne montre aucun signe d'affection ou de remords. L'appelant alors « maman » pour la première fois, Ludovic s'approche d'elle pour la caresser ; mais ses doigts se serrent de plus en plus fort autour de son cou, et il l'étrangle. L'adolescent s'empare ensuite du corps de Nicole et se jette à l'eau. Il se laisse emporter par les vagues, enfin uni à sa mère dans la mort.

# ÉTUDE DES PERSONNAGES

## LUDOVIC

### L'enfermement

Né du viol subi par Nicole, Ludovic est rejeté par sa mère et ses grands-parents dès sa naissance. Bébé, il est recueilli par Nanette, la cousine de cette dernière, avant de retourner vivre dans la boulangerie familiale à 3 ans. Sa famille, qui le considère comme un « bâtard » (p. 37) indésirable, l'enferme dans le grenier de la maison.

À 7 ans, enfant malingre aux grands yeux verts, Ludovic, n'ayant pour interlocuteur que Nanette (autorisée à lui rendre une courte visite hebdomadaire), sait à peine parler et a le « regard craintif [d'une] bête forcée » (p. 29). Habitué aux insultes et à l'isolement, habillé en fille, vivant dans des conditions d'hygiène déplorables, il ne connait le monde extérieur que grâce aux bruits, aux odeurs et aux images qui parviennent jusqu'à lui à travers les cloisons de son grenier : la mer, le fournil de la boulangerie, les disputes, la femme blonde – sa mère – qui vit sous son plancher.

## La découverte du monde

Quand Micho demande la main de Nicole, Ludovic est autorisé à quitter le grenier. Introverti, craintif et sans repères, le garçon est totalement inadapté au monde extérieur. Il devient le bouc émissaire de ses camarades d'école et de son instituteur, mais aussi celui de Gustave, qui se joue de sa naïveté et le tourmente sans cesse. Habitué à la maltraitance et aux insultes, perdu et ignorant des codes sociaux, Ludovic ne prend pas ombrage du comportement de son demi-frère. Il est aussi la victime de Nicole qui le couvre d'insultes et de reproches, refuse de s'en occuper et l'« accabl[e] de corvées » (p. 133).

La jeune femme le traite comme un fou idiot et dangereux, mais cela n'empêche pas l'enfant, en état de grave déficit émotionnel, d'adorer la figure maternelle, dont il ne cesse de rechercher l'affection. Rejeté par sa mère et fragilisé par le violent tabou entourant sa figure paternelle, Ludovic grandit ainsi en être incomplet, en quête d'une identité qui lui est refusée. Perturbé et vulnérable, il hurle toutes les nuits dans son sommeil et reproduit de façon obsessionnelle le même dessin : celui d'un visage de femme aux cheveux rouges caché par une énorme main noire.

## Le Centre Saint-Paul

À 13 ans, Ludovic est devenu un jeune « gaillard tanné par l'air marin » (p. 132), grand, fort, avec le « torse [d'] un nageur [et] les jambes musclées » (*ibid.*). Les traits de son visage sont « mangés d'anxiété, [sa] bouche inquiète [et] son regard tragique » (p. 133).

Victime de la haine de sa mère qui l'accuse d'avoir « le singe » (p. 132), c'est-à-dire d'être fou, le garçon est placé dans un centre psychiatrique malgré les efforts du bon Micho, seul person-nage à lui témoigner bienveillance et affection. De nouveau isolé, séparé de sa mère, il n'a qu'une idée en tête : rentrer chez lui et vivre de nouveau auprès d'elle. Déçu et blessé de ne recevoir aucune visite d'elle, il continue d'espérer leurs retrouvailles. Il a néanmoins pris de l'assurance et ose exprimer sa rancœur vis-à-vis de sa mère, notamment dans les nombreuses lettres qu'il lui écrit.

Conscient d'être placé à tort dans cette institution, il brave l'autorité de M^lle^ Rakoff, notamment en organisant des rencontres interdites avec Lise, qui devient son amante. Il finit même par s'enfuir du centre et trouve refuge dans un bateau abandonné, qui lui rappelle le grenier de son enfance et dont il recouvre les parois de son éternel portrait caché par une main noire.

## L'union dans la mort

Ludovic mène là une vie d'ermite, toujours obsédé par sa mère, à laquelle il veut prouver qu'il n'a pas le singe et qu'il sait se débrouiller. Il se rend souvent à pied jusqu'à son ancienne maison, où il aperçoit parfois Nicole. Quand cette dernière finit par lui rendre visite sur l'épave, il est submergé par l'émotion, croyant naïvement qu'elle vient « enfin le chercher » (p. 338).

Toujours sous son emprise et « bercé » (p. 340) par sa voix, il n'écoute par ses reproches. Peu à peu gagné par « une tristesse passionnée » (*ibid.*), il trouve néanmoins le courage de se confronter à sa mère. Ainsi, alors qu'elle lui reproche avec mauvaise foi de ne l'avoir jamais appelée « maman », il lui lance : « Et toi [...] tu ne m'as jamais embrassé, jamais caressé, jamais touché, jamais aimé. » (p. 342) C'est finalement en prononçant le nom de « maman » que Ludovic entre dans un état de transe et plaque sa main sur le visage de sa mère, dont les cheveux sont rougis par le soleil.

Emporté dans son élan et « rempli d'allégresse » (p. 343), Ludovic voit se reconstituer sous ses yeux le portrait obsédant qu'il dessine depuis l'enfance ; « il descend [...] la main vers le cou » (*ibid.*) et étrangle sa mère. C'est dans la mort qu'il est enfin réuni à elle, lorsqu'il se noie dans une ultime étreinte avec elle : « Ils allaient s'endormir dans le lit du soleil, la vie ne les désunirait plus. » (p. 344) Il n'aura vécu que pour elle, dans la violence et jusqu'à la mort.

## NICOLE

Nicole est âgée de 13 ans mais semble avoir 18 ans quand débute l'histoire. Jeune fille aux longs cheveux blonds, à la « bouche sanguine [et aux] yeux bleus en amande » (p. 13), elle est très séduisante. Adolescente typique, elle tombe sous le charme de Will, un soldat américain aux yeux verts avec lequel elle entretient un flirt. Lorsqu'il la viole avec deux de ses camarades, il la traumatise à jamais.

Né de cette agression sauvage, Ludovic rappellera toujours à la jeune femme cette nuit d'horreur : Nicole reportera sa honte, sa haine et sa rancœur sur son fils. Huit ans plus tard, alors qu'elle vit recluse chez ses parents, négligeant son fils cloîtré dans le grenier, Nicole épouse Micho. Cette alliance lui permet de se libérer de l'influence de ses parents, qui lui font porter la responsabilité de son viol et qui éprouvent à l'égard de Ludovic une aversion absolue…

Cependant, le brave Micho est plus vieux qu'elle, et elle s'ennuie avec lui. La présence de son fils lui est par ailleurs difficile. Les grands yeux verts du garçon lui rappellent son père, et elle refuse de créer le moindre lien avec lui. Ainsi, elle dit à son mari : « Je suis pas la mère puisque c'était un accident. » (p. 149) Elle est par ailleurs incapable de dissocier Ludovic de son agresseur et traite l'enfant de « salaud » (p. 139).

Au fil du temps, l'état de Nicole décline : elle boit beaucoup, devient sarcastique et dénigre le brave Micho, qu'elle méprise ouvertement. Elle traite également Ludovic avec une violence croissante, l'insultant et le privant de soins et de nourriture. Malheureuse, méchante et alcoolique, elle s'absente de la maison de plus en plus fréquemment. Chacun des gestes de son fils est pour elle l'occasion de le faire passer pour un fou, et elle profite de la maladresse de ce dernier et des frasques de Tatav pour l'accuser d'être dangereux : « Non seulement t'es idiot, mais en plus t'es dangereux ! » (p. 110)

Prête à tout pour éloigner Ludovic, elle manipule son mari par un chantage sexuel et lui fait croire qu'elle est enceinte pour le convaincre de faire interner le garçon. Une fois son fils placé au Centre Saint-Paul, elle ne lui rend pas visite, reste insensible à ses nombreuses lettres et semble avoir tiré un trait sur son existence.

Au cours de la scène de leurs retrouvailles, elle lui dit : « Pense que tu ne m'as jamais appelée maman… Et tu aurais voulu que je réponde à tes lettres ?… Ah ça non alors. » (p. 341)

Son divorce et sa nouvelle rencontre – avec un homme plus jeune – laissent entrevoir pour elle un accomplissement personnel. Elle mourra finalement de la main du fils dont elle a nié l'humanité et l'existence toute sa vie.

## MICHEL, DIT MICHO

Veuf et père d'un fils (Gustave) un peu plus âgé que Ludovic, Micho est un riche mécanicien de « 40 ans sonnés [aux] cheveux cendrés » (p. 49) à qui il manque deux doigts à la main gauche.

Bon, généreux et optimiste, il voit dans son mariage avec Nicole le moyen de rompre sa solitude, mais aussi d'aider la jeune femme à se reconstruire et à élever son enfant. Il explique à Nicole : « Le mioche, maintenant qu'il est là, faut l'éduquer, faut qu'il soit un vrai mioche, avec de vrais parents, faut un foyer. » (p. 52)

Gentil et affectueux avec Ludovic, il le surnomme « mignon » (p. 62) et l'encourage dans ses progrès, tâchant de compenser le désamour et la négligence de Nicole à son égard. Micho est un homme simple et naïf, aisément manipulé par sa nouvelle épouse, qui finit par lui imposer d'interner Ludovic. « Accablé d'insomnie [et] de mauvaise conscience » (p. 153), il s'exécute.

À la fin de l'histoire, Micho est désabusé par tous les « mensonges » (p. 323) de Nicole – qui s'est séparée de lui –, et regrette d'avoir été complice de l'internement de son beau-fils. Ruiné, seul, il a quitté son ancienne maison et a décroché un emploi d'homme à tout faire au Centre Saint-Paul. Impuissant face au sort de Ludovic, mais toujours plein d'empathie et de bienveillance, il lui donne de l'argent, lui adresse des paroles de réconfort et le met en garde contre sa mère.

## HÉLÈNE RAKOFF

Directrice du Centre Saint-Paul, Hélène Rakoff est la cousine éloignée de Micho. Femme d'environ « cinquante ans, le cheveu grisonnant [...] coupé court [...], les traits épais sur un faciès chevalin, l'œil gris et perçant » (p. 175), elle est sévère et autoritaire. Dévote et totalement investie dans le Centre Saint-Paul, c'est d'après Micho « une vieille peau qui s'est toquée du bon Dieu pour qu'il aille pas lui présenter une note trop salée » (p. 153).

Repérée dans un hôpital par le directeur du Centre Saint-Paul, elle est devenue la maitresse de ce dernier, qui était marié. Hélène s'était imaginé qu'il allait l'épouser après le décès de sa femme, mais il s'est finalement suicidé. Se retrouvant seule à la charge des pensionnaires du centre et de toutes les difficultés de la gestion d'une telle institution, elle est aidée de Fine et Doudou, ses deux employés, et d'Odilon, qui lui rapporte les moindres manquements des autres internes.

Elle vit dans la solitude et la nostalgie de son ancien amant, gardant ses effets personnels comme des reliques. Si elle se présente d'abord comme une figure maternelle pour Ludovic, leurs rapports se dégradent très rapidement : ne supportant pas les affronts du jeune homme, qui ne se comporte pas comme les autres « enfants » (p. 169) du centre, elle en fait son souffre-douleur.

## LES BLANCHARD

Les grands-parents de Ludovic rejettent celui-ci dès sa naissance et, s'ils ne le tuent pas, c'est davantage par peur du « qu'en-dira-t-on » qu'en raison d'un quelconque sentiment de pitié.

Impitoyables, ils blâment leur fille pour le viol qu'elle a subi : « Ah, catin, tu vas pouvoir y jouer, maintenant, et pour de bon, à la maman ! » (p. 46) En tant que boulangers du village, ils en sont des figures incontournables, d'où leur obsession du paraitre, qui les mène à cacher l'enfant dans le grenier jusqu'à ses 8 ans. Intransigeants et haineux, ils refusent de voir celui qu'ils appellent « l'idiot » (p. 87), même après le mariage de Nicole et Micho.

# CLÉS DE LECTURE

## LE SOUFFRE-DOULEUR

La vie de Ludovic, dès sa naissance, est placée sous le signe du rejet et de la souffrance. Bouc émissaire persécuté, maltraité, insulté et déshumanisé, le garçon est une victime innocente et désarmée du monde qui l'entoure, à commencer par sa famille.

Ce schéma, qui fait de lui un souffre-douleur, se répète durant toute sa vie quel que soit le milieu dans lequel il évolue : dans la boulangerie familiale, aux Buissonnets, à l'école, au Centre Saint-Paul et sur la plage où il se réfugie à la fin de l'histoire.

### Un enfant rejeté et maltraité par sa famille

Ludovic est le souffre-douleur de sa famille, qui projette sur lui tout le traumatisme du viol de Nicole. L'enfant devient pour ses grands-parents la marque du déshonneur de leur fille, et rappelle à Nicole l'agression barbare qu'elle a subie. On ne pardonne tout simplement pas à Ludovic d'être né. Dès lors, c'est sur lui que se reportent toute la haine et la violence de sa famille.

Nié dans ce qu'il a d'humain, il est réduit à vivre dans un grenier insalubre, à faire « ses besoins dans un bac à sable » (p. 30), et se trouve privé d'interaction avec les siens. « À 5 ans, M<sup>me</sup> Blanchard [le] met au travail » (p. 34), lui confiant dès l'aube du linge à faire sécher ou des pommes de terre à éplucher.

Les seules paroles auxquelles il a droit sont des ordres, des insultes ou des reproches ; comble de l'injustice, on lui reproche par exemple de n'être « pas soigneux » (p. 38) ou de sentir mauvais.

## Inadaptation à la société

Ce n'est qu'à l'âge de 8 ans que Ludovic est autorisé à sortir de son grenier.

Il découvre avec crainte la liberté d'aller et venir à son gré dans un espace infini, et se trouve confronté à un monde auquel il n'est pas préparé. Incapable d'interagir normalement avec autrui, le jeune garçon renoue avec son rôle de souffre-douleur :

- il devient la proie de ses camarades d'école qui rient de lui et le « rosse[nt] » (p. 72) à la première occasion ;
- son instituteur le tyrannise et l'humilie dès le premier jour d'école, le coiffant du bonnet d'âne et le prenant en exemple dans son cours de grammaire (« Si je dis : Ludovic Bossard est ignorant comme un âne, quel est l'attribut ? », p. 72) ;
- il devient surtout la victime privilégiée de Tatav, son demi-frère, qui se joue de son innocence et le persécute sans cesse. Il utilise Ludovic « comme un roi son bouffon, pour se désennuyer et vider son fiel » (p. 118). Par ailleurs, Gustave trouve en lui un bouc émissaire parfait et prend l'habitude de faire accuser son demi-frère à sa place. Ses fautes, qui lui sont imputées à tort, contribuent à le faire passer pour désaxé et dangereux. Ainsi, quand Gustave tombe dans la fosse septique en tentant d'y pousser le pauvre Ludovic, il soutient que ce dernier l'a « résolument poussé » (p. 131) ;

- au Centre Saint-Paul, c'est M^lle Rakoff qui en fait son souffre-douleur. Il subit de nombreuses punitions injustes, et se voit publiquement dénigré ;
- même dans sa vie solitaire sur l'épave où il se réfugie après sa fuite du centre, il est la cible des persécutions d'un groupe de « voyous » (p. 302) qui le traquent et tentent de mettre feu à son bateau. Il ne doit la vie sauve qu'au secours de l'ancien bagnard qui vit « en ermite » (p. 304) non loin de la plage.

Tout au long de l'histoire, Ludovic incarne la figure du souffre-douleur et celle du bouc émissaire : incompris, désarmé et malaimé, il est la cible toute désignée de la violence et de l'injustice des personnes qui l'entourent.

## UNE CONSTRUCTION DE L'IDENTITÉ CONTRARIÉE

Nié et caché par sa famille, en quête d'un amour maternel inaccessible, ignorant l'histoire de sa naissance et privé de père, Ludovic est un enfant dépourvu de racines et semble rechercher, à travers la considération de sa mère, son identité.

## Des rapports mère-fils impossibles

La relation entre Ludovic et Nicole est marquée par des sentiments puissants, diamétralement opposés : à l'adoration de Ludovic pour sa mère répond la haine de celle-ci envers lui.

Ainsi, le jeune garçon est tendu vers l'espoir – toujours déçu, mais à chaque fois renouvelé – de créer un lien avec sa mère, tandis que, de son côté, Nicole reçoit chaque attention de son fils avec une violence redoublée.

Ainsi, alors que la fête des Mères approche, Ludovic se fait molester à la sortie de l'école, et le cadeau qu'il destinait à Nicole est détruit. L'enfant, qui voyait dans ce présent l'occasion de faire plaisir à sa mère, est désemparé. Il décide d'offrir à cette dernière un poignard qu'il admire depuis longtemps dans la vitrine d'un magasin. Il prélève 50 francs dans son sac et achète l'objet, « fou d'émotion, [...] imaginant [...] Nicole ouvrant son beau cadeau, plus beau que tous les vases en rotin » (p. 100). Mais l'attention de Ludovic, loin d'émouvoir Nicole, la met en rage, et elle le traite de « sale petit voleur » (p. 102).

Cette dynamique conduit à un cercle vicieux : « Plus Nicole évit[e] son fils, et plus il cherch[e] à la voir. » (p. 118) La scène finale participe de ce cercle vicieux, qui atteint ses limites : lorsque Ludovic s'autorise enfin à affirmer son lien avec sa mère en la nommant « maman », il est submergé d'émotion et la tue.

## L'absence du père

Le nom du père de Ludovic, qui fait l'objet d'un tabou familial, n'est plus mentionné après l'agression. Ainsi, M^me Bossard dit à Nicole : « C'est fou ce qu'il ressemble à… enfin tu vois… » (p. 88) À 8 ans, Ludovic ne sait de lui que ce que lui révèle Gustave : « À l'école, on raconte que c'était un Boche. » (p. 50) Ce dernier prend « l'habitude […] de le persécuter avec ses antécédents familiaux » (p. 67) : « Et toi, qui c'est ton père ? […] Tu l'as déjà vu ton père ? […] Et où il est, ton père, maintenant ? » (*ibid.*)

Ludovic, piégé par ces questions, répond à son demi-frère que son père est au grenier, qu'il s'occupe du linge et écosse des petits pois. Cherchant à percer le mystère de la figure paternelle, Ludovic s'autorise « des allusions à son père de façon larvée » (p. 112), qui ne lui rapportent que l'agacement de Nicole : « Ne joue pas les petits malins, grond[e-t-]elle, mais sans insister. » (p. 112-113)

La veille de son départ pour le Centre Saint-Paul, le jeune homme subit une violente crise de Nicole, qui lui révèle les conditions de sa naissance : « Chaque fois que je te vois c'est les trois saloperies que je vois, c'est comme si c'était toi qui m'avais battue, violée, c'est pas moi ta mère, t'entends !… Ta mère c'est les trois saloperies. » (p. 162) Choqué et incapable d'accepter ces informations, Ludovic se frappe la tête contre le tranchant d'un mur et perd connaissance. Il se dit : « C'est pas vrai j'ai pas trois pères… mais si c'est vrai faut leur dire où je suis qu'ils viennent me chercher… Tatav dit qu'ils sont boches et juifs mais moi j'ai rien fait de mal. » (p. 163)

Seul avec ses incertitudes et ses questionnements, il est réduit à des suppositions et des phantasmes, qui ne le quitteront pas jusqu'à la fin de l'histoire.

Au Centre Saint-Paul, il interroge Nicole dans une lettre qui restera sans réponse : « Maintenant je suis grand. Je veux savoir qu'est-ce qui se passe avec moi. [...] Tu m'as jamais dit pour mon père et moi je sais rien. » (p. 271) Quand il aperçoit la jeune femme avec son nouvel amant, il envisage ce dernier comme son père : « Et son vrai père, où était-il ? Est-ce que ce n'était pas lui qu'il avait vu la veille avec Nicole ?... Est-ce que son père était revenu ? » (p. 316) Finalement, Ludovic ne connaitra jamais l'identité de son père. La figure paternelle est donc bien celle de l'absent : « Moi je suis comme mon père. Je suis parti loin mais je suis pas mort. » (p. 317)

## Un complexe d'Œdipe non résolu

En analysant le profil psychologique de Ludovic sous l'angle de la psychanalyse, l'impossibilité de sa quête identitaire peut se traduire par un complexe d'Œdipe non résolu.

### LE CONCEPT DU COMPLEXE D'ŒDIPE

Élaboré par Sigmund Freud (fondateur autrichien de la psychanalyse, 1856-1939) dans son ouvrage *L'interprétation du rêve* (1900), le concept du complexe d'Œdipe implique de la part de l'enfant de 3 à 5 ans un désir

Dans le cas de Ludovic, la dimension charnelle de son rapport à Nicole est bien présente :

- aux Buissonnets, il crache consciencieusement dans le café de sa mère avant de lui servir, établissant ainsi un contact organique avec cette dernière, qui lui refuse par ailleurs toute intimité physique ;
- les rares occasions offertes à l'enfant de se rapprocher de sa mère sont empreintes de sensualité. Lors du rituel du petit-déjeuner, il « caress[e] furtivement les draps [de son] lit, [...] regardant les ondulations se propager sur le corps de sa mère » (p. 75), rêvant de « se blottir sous les draps tièdes » (*ibid.*). Un jour qu'elle s'est endormie, il cède au désir de « toucher rien qu'une fois sa mère endormie, [...] senta[nt] la chaleur du corps nu monter vers ses doigts » (p. 78) ;
- la dimension sexuelle de son rapport à Nicole est plus explicite encore dans une scène, où, devenu jeune homme et retiré sur son épave,

la figure de Lise (son amante) se confond dans ses pensées avec celle de sa mère. « Il divaguait de Lise à Nicole [...] songeant pour la première fois qu'elle ne l'avait jamais embrassé. Les yeux fermés sur un mensonge, il se baisait passionnément les mains, songeant à sa peau. » (p. 309)

C'est au cours de la scène finale, lorsque Ludovic est devenu adulte, que l'union à sa mère se réalise. Cette alliance les conduit à la mort et entre alors en résonance avec le titre du roman. En outre, la scène est décrite avec le champ lexical de la relation amoureuse : il se hâte « comme s'il avait rendez-vous, bredouillant des mots passionnés, [certain] que la vie ne les désunir[a] plus. » (p. 344) Au moment de sombrer, il murmure « j'ai peur » (*ibid.*) en enlaçant le corps de Nicole.

Contrairement à un complexe d'Œdipe classique, celui de Ludovic ne se résout pas dans la petite enfance et perdure tout au long de la vie du jeune homme qui, privé de l'affection de sa mère, semble compenser sa frustration par un désir excessif. Par ailleurs, le tabou lié à la figure de son père ne lui permet pas de contrebalancer sa relation nocive avec sa mère. Ludovic, bloqué dans un rapport œdipien avec Nicole, ne parvient pas à se construire.

En étranglant Nicole, il reconnait la jeune femme qu'il a cherchée toute sa vie à travers le dessin du visage caché par la main noire, comme s'il préparait inconsciemment le meurtre de sa mère depuis son enfance. De fait, c'est en l'appelant « maman » et en la tuant qu'il parvient à réaliser ce vers quoi toute son existence a tendu : une union avec sa mère.

# LA SYMBOLIQUE DES LIEUX

Les différents lieux qui entourent Ludovic – les espaces clos et la mer – sont dotés d'une certaine charge symbolique pour ce dernier. Ces endroits renvoient en effet chacun à une signification particulière.

## Les espaces clos

En tant que souffre-douleur, Ludovic est conduit à l'isolement. La solitude de cet être incompris est symbolisée par les espaces clos qu'il investit dans l'histoire. D'abord enfermé de force dans un grenier, condamné à la solitude et contraint de dormir dans l'espace confiné d'une armoire, Ludovic va finir par choisir de s'isoler volontairement en se retirant sur une épave. Cette réclusion volontaire lui donne alors « un sentiment d'oubli purificateur comme il ne l'avait plus connu depuis l'époque du mirador au grenier. » (p. 297)

Ludovic, trop habitué à la solitude et à la violence du monde extérieur, est à la recherche du grenier originel. Ainsi trouve-t-il le refuge parfait dans ce bateau en ruine, abandonné par les hommes et isolé du monde par la mer. Le « niglou » qu'il se construit aux Buissonnets est à l'image de ce bateau : un refuge solitaire hors du monde qui lui procure un sentiment de bienêtre.

## La mer et la mère

L'histoire des *Noces barbares* est également marquée par l'espace de la mer. Pour Ludovic, ce lieu semble être un moyen de se rapprocher de ce vers quoi il tend : la quête de ses origines et de l'amour de sa mère.

Fascinantes, insaisissables, menaçantes et pourtant irrésistiblement attirantes, mer et mère

sont associées dans l'imaginaire de l'enfant :
« Le soir [...] il [...] contemplait la mer à travers
le feu. C'était sa mère, au vrai, qu'il contemplait
toujours et tentait d'apprivoiser [...]. » (p. 312)

À la fin du récit, c'est donc naturellement que
Ludovic se laisse emporter par la mer, figure
marquante pour lui : « Il avait retrouvé la mer,
sa mémoire la plus secrète, scellée comme un
plomb qu'il n'avait jamais pu fracturer [...], il avait
l'impression d'un retour au pays natal. » (p. 283-
286) Depuis l'enfance, il n'avait fait qu'entendre
la mer à travers la lucarne du grenier, de la même
manière qu'il voyait sa mère par un autre trou
dans le plancher.

En outre, la mer est salvatrice, puisqu'elle offre
au jeune garçon la possibilité de se libérer des
autres, de ses questionnements, de ses hésita-
tions. Elle lui donne aussi l'occasion d'enfin s'unir
à sa mère au cours de noces barbares. Celles-ci
représentent, dans son imaginaire, la réunion
avec Nicole : « Je lui raconterai [à Nanette]
qu'avec ma mère on a le même sang... qu'est-ce
qu'elle dirait ma mère si elle savait qu'on est
mariés comme les Indiens. » (p. 116)

En définitive, les noces barbares, ce sont celles de Nicole et de Will, dont l'union, qui devait se sceller par un mariage, s'achève en réalité par un viol monstrueux. Ce sont aussi celles de Ludovic et de sa mère : l'enfant, tourmenté par un rapport œdipien avec Nicole, finit par s'unir avec elle, mais dans la mort. Le roman commence et s'achève par une scène de « noces barbares », d'union dénaturée entre des personnages dont l'existence est tout entière tournée vers la solitude et la violence : aux « noces », qui évoquent l'amour et l'union, est associé l'adjectif « barbares », qui convoque l'idée de brutalité et de malheur. Ludovic et Nicole, victimes et bourreaux à la fois, sont les jouets d'un destin cruel qui les condamne à la souffrance, à la solitude et à la mort.

# PISTES DE RÉFLEXION

## QUELQUES QUESTIONS POUR APPROFONDIR SA RÉFLEXION...

- Établissez le schéma narratif des *Noces barbares*.
- Quel objectif Ludovic poursuit-il tout au long du roman ?
- Que représente le bateau pour Ludovic ?
- Analysez la confrontation entre Nicole et Ludovic, à la veille de son départ pour le centre, au cours de laquelle la mère accuse son fils de représenter « les trois saloperies » (p. 162-163). En quoi cette scène est-elle révélatrice des relations entre les deux protagonistes et de leurs traumatismes ?
- Analysez les relations qu'entretient Ludovic avec les autres personnages du roman.
- Né des conséquences d'une violence extrême, Ludovic finit par commettre lui-même un acte criminel envers sa mère, avant de se laisser envahir par la mer, associée à l'image maternelle. Comment interprétez-vous ce parcours ?

- En quoi Micho est-il une victime de Nicole, au même titre que Ludovic ?
- Expliquez la métaphore du titre. À quoi font référence les « noces barbares » ?
- Connaissez-vous d'autres romans mettant en scène les relations difficiles entre une mère et son fils ? Comparez-les à celui de Yann Queffélec.
- Comparez le roman de Yann Queffélec à son adaptation cinématographique. Comment l'intériorité du personnage de Ludovic est-elle traitée ?

Votre avis nous intéresse !
Laissez un commentaire sur le site de votre
librairie en ligne
et partagez vos coups de cœur sur les réseaux
sociaux !

# POUR ALLER PLUS LOIN

## ÉDITION DE RÉFÉRENCE


- QUEFFÉLEC Y., *Les Noces barbares*, Paris, Gallimard, coll. « Folio », 2000.


## ÉTUDE DE RÉFÉRENCE


- FREUD S., *L'interprétation du rêve*, Paris, Points, coll. « Points essais », 2013.


## ADAPTATION


- *Les Noces barbares*, film de Marion Hänsel, avec Thierry Frémont et Marianne Basler, France, 1987.

# Retrouvez notre offre complète sur lePetitLittéraire.fr

- des fiches de lectures
- des commentaires littéraires
- des questionnaires de lecture
- des résumés

---

**ANOUILH**
- Antigone

**AUSTEN**
- Orgueil et Préjugés

**BALZAC**
- Eugénie Grandet
- Le Père Goriot
- Illusions perdues

**BARJAVEL**
- La Nuit des temps

**BEAUMARCHAIS**
- Le Mariage de Figaro

**BECKETT**
- En attendant Godot

**BRETON**
- Nadja

**CAMUS**
- La Peste
- Les Justes
- L'Étranger

**CARRÈRE**
- Limonov

**CÉLINE**
- Voyage au bout de la nuit

**CERVANTÈS**
- Don Quichotte de la Manche

**CHATEAUBRIAND**
- Mémoires d'outre-tombe

**CHODERLOS DE LACLOS**
- Les Liaisons dangereuses

**CHRÉTIEN DE TROYES**
- Yvain ou le Chevalier au lion

**CHRISTIE**
- Dix Petits Nègres

**CLAUDEL**
- La Petite Fille de Monsieur Linh
- Le Rapport de Brodeck

**COELHO**
- L'Alchimiste

**CONAN DOYLE**
- Le Chien des Baskerville

**DAI SIJIE**
- Balzac et la Petite Tailleuse chinoise

**DE GAULLE**
- Mémoires de guerre III. Le Salut. 1944-1946

**DE VIGAN**
- No et moi

**DICKER**
- La Vérité sur l'affaire Harry Quebert

**DIDEROT**
- Supplément au Voyage de Bougainville

**DUMAS**
• Les Trois
  Mousquetaires

**ÉNARD**
• Parlez-leur
  de batailles,
  de rois et
  d'éléphants

**FERRARI**
• Le Sermon sur la
  chute de Rome

**FLAUBERT**
• Madame Bovary

**FRANK**
• Journal
  d'Anne Frank

**FRED VARGAS**
• Pars vite et
  reviens tard

**GARY**
• La Vie devant soi

**GAUDÉ**
• La Mort du
  roi Tsongor
• Le Soleil des
  Scorta

**GAUTIER**
• La Morte
  amoureuse
• Le Capitaine
  Fracasse

**GAVALDA**
• 35 kilos d'espoir

**GIDE**
• Les
  Faux-Monnayeurs

**GIONO**
• Le Grand
  Troupeau
• Le Hussard
  sur le toit

**GIRAUDOUX**
• La guerre de
  Troie
  n'aura pas lieu

**GOLDING**
• Sa Majesté des
  Mouches

**GRIMBERT**
• Un secret

**HEMINGWAY**
• Le Vieil Homme
  et la Mer

**HESSEL**
• Indignez-vous !

**HOMÈRE**
• L'Odyssée

**HUGO**
• Le Dernier Jour
  d'un condamné
• Les Misérables
• Notre-Dame
  de Paris

**HUXLEY**
• Le Meilleur
  des mondes

**IONESCO**
• Rhinocéros
• La Cantatrice
  chauve

**JARY**
• Ubu roi

**JENNI**
• L'Art français
  de la guerre

**JOFFO**
• Un sac de billes

**KAFKA**
• La Métamorphose

**KEROUAC**
• Sur la route

**KESSEL**
• Le Lion

**LARSSON**
• Millenium I. Les
  hommes qui
  n'aimaient pas
  les femmes

**LE CLÉZIO**
• Mondo

**LEVI**
• Si c'est un
  homme

**LEVY**
• Et si c'était vrai…

**MAALOUF**
• Léon l'Africain

**MALRAUX**
- La Condition humaine

**MARIVAUX**
- La Double Inconstance
- Le Jeu de l'amour et du hasard

**MARTINEZ**
- Du domaine des murmures

**MAUPASSANT**
- Boule de suif
- Le Horla
- Une vie

**MAURIAC**
- Le Nœud de vipères

**MAURIAC**
- Le Sagouin

**MÉRIMÉE**
- Tamango
- Colomba

**MERLE**
- La mort est mon métier

**MOLIÈRE**
- Le Misanthrope
- L'Avare
- Le Bourgeois gentilhomme

**MONTAIGNE**
- Essais

**MORPURGO**
- Le Roi Arthur

**MUSSET**
- Lorenzaccio

**MUSSO**
- Que serais-je sans toi ?

**NOTHOMB**
- Stupeur et Tremblements

**ORWELL**
- La Ferme des animaux
- 1984

**PAGNOL**
- La Gloire de mon père

**PANCOL**
- Les Yeux jaunes des crocodiles

**PASCAL**
- Pensées

**PENNAC**
- Au bonheur des ogres

**POE**
- La Chute de la maison Usher

**PROUST**
- Du côté de chez Swann

**QUENEAU**
- Zazie dans le métro

**QUIGNARD**
- Tous les matins du monde

**RABELAIS**
- Gargantua

**RACINE**
- Andromaque
- Britannicus
- Phèdre

**ROUSSEAU**
- Confessions

**ROSTAND**
- Cyrano de Bergerac

**ROWLING**
- Harry Potter à l'école des sorciers

**SAINT-EXUPÉRY**
- Le Petit Prince
- Vol de nuit

**SARTRE**
- Huis clos
- La Nausée
- Les Mouches

**SCHLINK**
- Le Liseur

**SCHMITT**
- La Part de l'autre
- Oscar et la
  Dame rose

**SEPULVEDA**
- Le Vieux qui
  lisait des romans
  d'amour

**SHAKESPEARE**
- Roméo et Juliette

**SIMENON**
- Le Chien jaune

**STEEMAN**
- L'Assassin
  habite au 21

**STEINBECK**
- Des souris et
  des hommes

**STENDHAL**
- Le Rouge et
  le Noir

**STEVENSON**
- L'Île au trésor

**SÜSKIND**
- Le Parfum

**TOLSTOÏ**
- Anna Karénine

**TOURNIER**
- Vendredi ou
  la Vie sauvage

**TOUSSAINT**
- Fuir

**UHLMAN**
- L'Ami retrouvé

**VERNE**
- Le Tour
  du monde
  en 80 jours
- Vingt mille
  lieues sous
  les mers
- Voyage au
  centre de
  la terre

**VIAN**
- L'Écume des jours

**VOLTAIRE**
- Candide

**WELLS**
- La Guerre des
  mondes

**YOURCENAR**
- Mémoires
  d'Hadrien

**ZOLA**
- Au bonheur
  des dames
- L'Assommoir
- Germinal

**ZWEIG**
- Le Joueur
  d'échecs

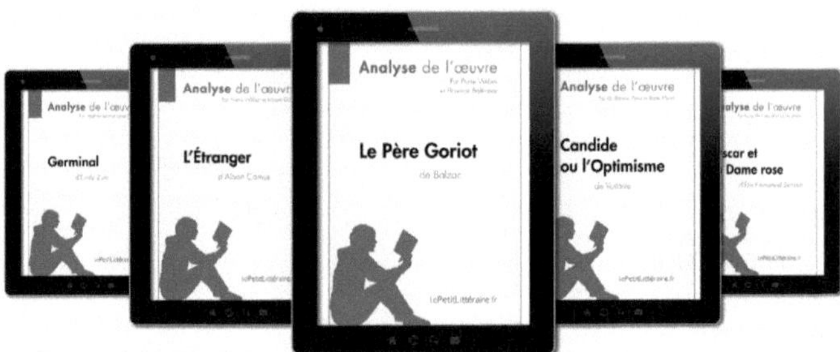

www.lepetitlitteraire.fr

ISBN version numérique : 978-2-8080-056-85
ISBN version papier : 978-2-8080-056-92
Dépôt légal : D/2017/12603/822

Avec la collaboration de Margot Pépin pour les personnages de Ludovic, Nicole et Michel, ainsi pour les chapitres « Le souffre-douleur », « Une construction de l'identité contrariée » et « Les espaces clos ».

Conception numérique : Primento,
le partenaire numérique des éditeurs.

Ce titre a été réalisé avec le soutien de la Fédération Wallonie-Bruxelles, Service général des Lettres et du Livre.